Dimiter Inkiow

Der Igel im Spiegel

Mit Bildern von Rolf Rettich

SCHNEIDER BUCH

Die Deutsche Bibliothek – CIP-Einheitsaufnahme

Inkiow, Dimiter:
Der Igel im Spiegel / Dimiter Inkiow. – München :
F. Schneider, 1992
ISBN 3-505-04709-0

Frankfurter Ring 150 · 8000 München 40

Titelbild und Illustrationen: Rolf Rettich
Umschlaggestaltung: Heinz Kraxenberger
Lektorat: Helga Jokl
Herstellung: Gabi Lamprecht
Druck: A. Huber GmbH & Co. KG, München
ISBN 3-505-04709-0

Inhalt

Der Igel im Spiegel

Einmal fand ein junger Igel
im Wald einen Spiegel.
Der junge Igel
guckte in den Spiegel –
und was sah er?
Einen Igel.

»Grüß dich, Igel!«
sagte der junge Igel
zu dem Igel im Spiegel.
Und nickte höflich.
Der Igel im Spiegel
nickte auch höflich.
Der junge Igel beschnüffelte
den Igel im Spiegel.
Und der Igel im Spiegel
beschnüffelte den jungen Igel.

»Sag mal«, fragte
der junge Igel
den Igel im Spiegel,
»kannst du nicht raus
aus deinem Haus?«
Und er guckte ihn
fragend an.
Der Igel im Spiegel guckte
den jungen Igel vor dem Spiegel
auch sehr fragend an.

GROSSER LESESPASS FÜR JÜNGSTE LESER

BenjaminBücher – das sind die SchneiderBücher für alle Leseanfänger. Spannend, lustig, informativ und natürlich mit vielen bunten Abbildungen. Damit ihr von Anfang an Freude am Lesen habt.

nehmen, ohne daß das Buch beschädigt wird!

STAND: APRIL 91

Alle Bücher der Benjamin-Reihe sind auch zum Vorlesen geeignet. BenjaminBücher gibt es in

Vereinfachte Schreibschrift
Schreibschrift
und Großdruck

SCHNEIDER BUCH

F 2132

Mike Benton
Mein erstes Buch über Dinosaurier
Die faszinierende Welt der Dinosaurier wird in diesem Sachbilderbuch anschaulich, spannend un leicht verständlich erklärt. Ab 4 Jahre. Großformat. DM 19,80/ÖS 149,– Best.-Nr. 4436

Brenda Cook
Mein erstes Buch vom Bauernhof
Ein Sachbilderbuch über die Tiere und Geschehnisse auf einem Bauernhof. DM 19,80/ÖS 149,– Best.-Nr. 4134

Marit Claridge/ John Shackell
Mein erstes Naturbuc
Viele Experimente für junge Forscher und Entdecker. Ab 7 Jahre. Gro format. DM 19,80/ÖS 149 Best.-Nr. 9502

Angela Wilkes
Mein erstes Zahlenbu
Zahlen erkennen und Zählen lernen. Ein Sachbilderbuch. Ab 4 Jahre. Großformat. DM 19,80/ÖS 149,– Best.-Nr. 8804

Melanie & Chris Rice
Mein erstes Buch über mich
Antwort auf die Fragen, die Kinder beschäftigen, gibt dieses Sachbilderbuch. Ab 4 Jahre. Großformat. DM 19,80/ÖS 149,– Best.-Nr. 4435

Michael Chinery
Alle meine Tierkinder
Woher kommen die Tierbabys? Dieses reich illustrierte Sachbilderbuch erklärt vieles, was Kinder über Tierkinder wissen wollen. Ab 4 Jahre. Großformat. DM 19,80/ÖS 149,– Best.-Nr. 4323

Heather Amery
Meine ersten tausend Wörter
Ein Bilder-Wörterbuch für die ersten Leseschritte. Ab 4 Jahre. Großformat. DM 19,80/ÖS 149,– Best.-Nr. 8010

Die lustigen und spannenden Abenteuer von König Babar aus Celestenland:

Babar – Das schönste Geburtstagsgeschenk der Welt
Viel Wirbel und Aufregendes um ein kostbares Geschenk. Ab 4 Jahre. Großformat. DM 19,80/ ÖS 149,– Best.-Nr. 7081

Babar – Die Ballerina
Eine Vorstellung droht ins Wasser zu fallen, da die Tänzerin nicht auftreten will. Doch König Babar hat die rettende Idee... Ab 4 Jahre. Großformat. DM 19,80/ ÖS 149,– Best.-Nr. 7082

BENJAMIN®

ax Kruse
e schönsten Geschich-
n vom Kasper Lari
ne Buch, an dem Leser
d Vorleser gleichermaßen
e Freude haben.
M 19,80/ÖS 149,–
st.-Nr. 4332

enate Navé (Hrsg.)
er Kobold,
er die Angst wegmalte
utmachgeschichten von
kannten und beliebten
utoren. DM 19,80/ÖS 149,–
st.-Nr. 4335

sel Scheffler
e Wunschkiste
nterbunte Wunschge-
hichten. Hier ist bestimmt
jeden etwas dabei.
M 19,80/ÖS 149,–
st.-Nr. 4334

üder Grimm
as Lumpengesindel
as Märchen vom
hnchen und Hähnchen,
e den Wirt überlisten.
M 9,80/ÖS 79,–
st.-Nr. 4344

Renate Navé (Hrsg.)
Die Leckermaus
Bunt und abwechslungsreich
wie die Welt der Tiere sind
auch die Tiergeschichten in
diesem Vorlesebuch.
DM 19,80/ÖS 149,–
Best.-Nr. 4333

Ingeborg Heidrich
Goldauge
Die wundersame Geschich-
te von Tino und dem Mär-
chenfisch. DM 9,80/ÖS 79,–
Best.-Nr. 4342

Franz Stanzl
Kunibert und der Drache
Ein lustiges Bilderbuch in
Reimen vom Kampf des
Ritters Kunibert mit dem
Drachen. DM 9,80/ÖS 79,–
Best.-Nr. 4430

Franz Hübner
Meckerfritze
Warum wohl nennen
alle den Igel nur „Mecker-
fritze"?
DM 9,80/ÖS 79,–
Best.-Nr. 4343

Rosemarie
Künzler-Behncke
Die kleine grüne
Tomate
Die Geschichte von der
kleinen grünen Tomate,
die so gerne rot werden
möchte.
DM 9,80/ÖS 79,–
Best.-Nr. 4442

Alfons Schweiggert
Das Badewannen-
Buch
Was verbirgt sich unter
dem Abflußrohr in der
Badewanne? Das Ge-
heimnis wird hier gelüftet...
DM 9,80/ÖS 79,–
Best.-Nr. 4341

BENJAMIN®

Großdruck

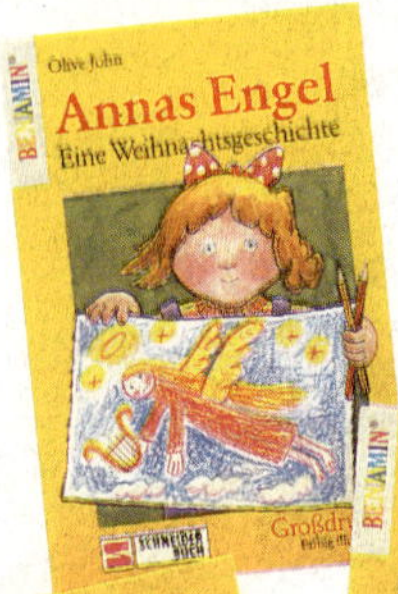

Olive John
Annas Engel
Als Anna einen Engel ma
stellt sie plötzlich fest,
daß dieser ganz traurig is
Was tun?
DM 8,95/ÖS 69,–
Best.-Nr. 4326

Ursel Scheffler
Das ABC-Monster
Vom Umgang mit den Buchstaben. Ein Monsterspaß von A-Z. So werden Kinder spielerisch mit dem ABC vertraut.
DM 8,95/ÖS 69,–
Best.-Nr. 9504

Raymond Briggs
Ein Schneemann zu Besuch
An einem wunderbaren Wintertag baut Hansi einen prächtigen Schne
mann. Nachts fliegen sie zusammen
in den Wald.
DM 9,80/ÖS 79,–
Best.-Nr. 4350

Dimiter Inkiow
Meine Schwester Klara als Umweltschützerin (Bd.17)
Klara wird Umweltschützerin und begeistert mit ihrem Eifer auch ihr Brüderchen.
DM 9,80/ÖS 79,–
Best.-Nr. 4325
17 Bände gibt es bereits von dieser lustigen Serie. Die Reihe wird fortgesetzt

Alfons Schweiggert
Simsalabimbam
Lauter lustige Zauberergeschichten. Neun Zauberern macht es einfach riesigen Spaß, ihre Zauberkünste zu zeigen.
DM 8,95/ÖS 69,–
Best.-Nr. 4145

René Rilz (Hrsg.)
Mein erstes Witzbuch
Ein fröhliches Buch für alle Kichererbsen. Mit vielen Witzen, auch zum Weitererzählen.
DM 8,95/ÖS 69,–
Best.-Nr. 4104

Max Kruse
Du bist schon 6
Wundersame Geschichten und Märchen rund ums sechste Lebensjahr.
DM 9,80/ÖS 79,–
Best.-Nr. 9130
Diese Titel gibt es ebenfalls: •Du bist schon
•Du bist schon 7 •Du bist schon 8.

BENJAMIN®

Großdruck

lannelore Voigt
)ie grüne Riesin
\lle haben Angst vor der grünen Riesin. Dabei vünscht sie sich so sehr emanden, mit dem sie eden kann.
)M 9,80/ÖS 79,–
est.-Nr. 4438

:laus-Peter Wolf
'inky, der geheimnis-'olle Wasserfloh
licht nur seine ungewöhnche rosa Farbe unterscheilet Pinky von den anderen Vasserflöhen . . .
)M 9,80/ÖS 79,–
est.-Nr. 4353

łosemarie
:ünzler-Behncke
'lorentine flunkert
lorentines Phantasie ennt keine Grenzen. Vas ist wohl wahr an rren Geschichten?
)M 9,80/ÖS 79,–
est.-Nr. 4454

\ndrea Pabel
:ai und Karlchen
:ai und der kleine Hund arlchen werden die esten Freunde.
)M 9,80/ÖS 79,–
est.-Nr. 4410

Jo Pestum
Nachts bin ich eine Hexe, aber das weiß keiner
Elisabeth verrät, wie sie sich nachts in eine kleine Hexe verwandelt.
DM 9,80/ÖS 79,–
Best.-Nr. 9890

Sabine Jörg
Liebe Mila, freche Mila
Mila stellt öfter mal etwas an. Doch im Vergleich zu den Streichen anderer Kinder ist sie eigentlich doch sehr lieb. DM 9,80/ÖS 79,–
Best.-Nr. 4351

Max Kruse/Erich Hölle
Urmels Feuerteufel (Bd. 6)
Urmel und Wutz wollen die Insel Titiwu vor dem drohenden Vulkanausbruch retten.
DM 9,80/ÖS 79,–
Best.-Nr. 4026
6 Bände sind bereits in dieser Serie erschienen. Die Reihe wird fortgesetzt.

BENJAMIN®

Schreibschrift

Dimiter Inkiow
Die Katze fährt in Urlaub
Die Katze kann sich auf ihren Urlaub gar nicht so recht freuen. Was wird die freche Maus wohl während ihrer Abwesenheit alles anstellen?
DM 8,95/ÖS 69,–
Best.-Nr. 9853

Ursel Scheffler
Sascha, der kleine Elefant
Die spannenden Abenteuer des kleinen Elefanten Sascha, der auszog, um ein berühmter Elefant zu werden.
DM 7,95/ÖS 69,–
Best.-Nr. 7889

Andrea Pabel
Das Pony in Omas Garten
Kati liebt Tiere über alles. Wie gut, daß sie eine Oma hat, die mit vielen Tieren auf dem Land lebt.
DM 9,80/ÖS 79,–
Best.-Nr. 4328

Gisela Henkel
Lisa zieht um
Umzugstrubel. Lisa staunt, was da so alles passiert.
DM 9,80/ÖS 79,–
Best.-Nr. 4236

Dimiter Inkiow
Maus und Katz
Vier freche Geschichten von der Katze Elvira und der Maus Micki.
DM 7,95/ÖS 69,–
Best.-Nr. 8417

Karlhans Frank
Hansi und die Schildkröte
Zwei knifflige Fälle für den Detektiv Hansi und seine Schildkröte Schelli.
DM 8,95/ÖS 69,–
Best.-Nr. 8289

Aleš Vrtal
Die Geschichte vom unzufriedenen Hasen
Der Hase hat den seltsamen Wunsch, eine Wurst zu essen. Doch als sein Wunsch in Erfüllung geht, ist er enttäuscht.
DM 7,95/ÖS 69,–
Best.-Nr. 4153

Schreibschrift

)imiter Inkiow
'ipsi und Elvira
'ünf fröhliche Geschichten
'on Katzen und Mäusen.
)M 9,80/ÖS 79,–
est.-Nr. 4227

lax Kruse
lori geht zur Schule
Veil Flori stets andere
inge im Kopf hat, kommt
r immer zu spät zur
chule. DM 8,95/ÖS 69,–
est.-Nr. 8255

Bernd Küsters
Briefträger Brausewetter
Dem Briefträger Brausewetter tun die Füße weh. Da hat er eine tolle Idee.
DM 8,95/ÖS 69,–
Best.-Nr. 9889

Aleš Vrtal
Der Fuchs hat immer einen Wunsch
Wunschlos glücklich ist der kleine Fuchs nicht. Im Gegenteil, immer hat er einen neuen Wunsch. DM 9,80/ÖS 79,–
Best.-Nr. 4439

se Franziska Huber
er kleine Prinz
nd der Bärenklau
ine wunderschöne Mut-
achgeschichte.
M 9,80/ÖS 79,–
est.-Nr. 4440

Dimiter Inkiow
Ein Kater spielt Klavier
Fünf lustige Katz-und-Maus-Geschichten.
DM 9,80/ÖS 79,–
Best.-Nr. 4441

imiter Inkiow erzählt:

ie Katze läßt das Mausen nicht
ie Fabeln des griechischen Dichters
sop – von Dimiter Inkiow neu erzählt.
lit vielen, herrlichen Bildern.
M 24,80/ÖS 199,– Best.-Nr. 4397

erkules, der stärkste Mann der Welt
amüsant können Sagen sein. Die
estalten der griechischen Sagenwelt
erden in den witzigen Erzählungen
imiter Inkiows so lebendig wie nie zuvor.
M 24,80/ÖS 199,– Best.-Nr. 4321

BENJAMIN®

SchneiderTon

Das beliebte Hörspiel- und Kinderlieder-programm

Viele beliebte SchneiderBücher könnt ihr auf Cassetten hören: Ob Abenteuer, Pferdegeschichten oder lustige Streiche – im SchneiderTon-Programm findet ihr bestimmt eure Lieblingsserie.

Und dann gibt's noch ganz andere Ohrwürmer für kleine Lauscher – nämlich 12 MCs „Kunterbunte Kinderlieder" Da singen Kinder von allem, was euch interessiert. Über Erwachsene, die immer alles wissen wollen, den „Neuen" von nebenan, über Piratenkönige oder den sehnlichst gewünschten Hund.
Natürlich könnt ihr hier kräftig mitsingen.
Je Musik-Cassette DM 7,95/ÖS 65,–
(unverbindl. Preisempfehlung)

SchneiderTon-Cassetten – Hören, was Spaß macht!

»Keine Angst, mein Freund.
Du wirst nicht ewig
da drinnen eingesperrt
bleiben.
Ich werde dich befreien!«
meinte der junge Igel
vor dem Spiegel.
»Ich schwöre es!«
Und er hob feierlich
seine Pfote hoch.
Der Igel im Spiegel hob
auch seine Pfote hoch.
Der Igel vor dem Spiegel
ging weg, um einen
Stein zu suchen.
Da sah er,
wie der Igel im Spiegel
auch wegging,
um einen Stein zu suchen.

Der junge Igel kam zurück
mit einem Stein in der Pfote.
Da sah er, wie der
Igel im Spiegel auch mit
einem Stein in der Pfote
zurückkam.
Jeder schlug mit seinem Stein
auf den Spiegel,
mit all seinen Kräften.

Da zerbrach der Spiegel in
vier Stücke. Und plötzlich
waren vier Igel da.
Ganze vier Igel.

Das wunderte den Igel
vor dem Spiegel sehr.
Er bekam es mit der Angst
zu tun und lief weg.

Und sah, wie die vier Igel
in den zerbrochenen
vier Stücken Spiegel
auch wegliefen.
Als der junge Igel
nach einiger Zeit
zurückkam, da
waren sie plötzlich
alle wieder da.
Das hat den jungen Igel
sehr gefreut.
Und er beschloß,
seine neuen Freunde
regelmäßig zu besuchen.
Er tat es auch. Tagelang.
Bis er eines Tages sagte:
»Auf Wiedersehen, meine Freunde.
Ich werde mir jetzt
eine Braut suchen.

Wenn ich eine finde,
werde ich sie
euch vorstellen.«
Er winkte allen
mit seiner Pfote
zum Abschied.
Und die Igel in den
vier Stücken des Spiegels
winkten alle zurück.

Nach zwei Wochen
kam der junge Igel
mit einer Braut zurück.
Da blieb er vor Staunen
wie angenagelt stehen.
Denn alle vier Igel in den
vier Stücken des Spiegels
hatten auch Bräute.
War das nicht toll?

Die Gans

Ein junger Fuchs traf
einmal einen alten Fuchs
und fragte ihn: »Sag mal,
kennst du das Lied
›Fuchs, du hast die Gans gestohlen,
gib sie wieder her‹?«

»Aber natürlich.
Warum fragst du?«
»Weil ich auch
eine Gans stehlen möchte,
ich finde aber
nirgendwo eine.
Kannst du mir helfen
und mir sagen, wo ich
eine Gans finden könnte?«

»Natürlich. Du mußt
in die Stadt gehen.
In einen Supermarkt.
Dort findest du
in der Tiefkühltruhe
so viele Gänse
wie du nur möchtest!«
»Uhuuu!« freute sich
der junge Fuchs
und hüpfte vor Freude
dreimal hoch in die Luft.
Nachts schlich er sich
in die Stadt.
Aber der Supermarkt war zu.
Der Fuchs überlegte
und beschloß,
in einem Busch
vor dem Supermarkt
zu warten.

H. Honig
Sonderangebot
ACHTUNG
heute Gänse!

NEU
Trink-Milch
KASSE
MEHL

Am nächsten Morgen
mischte sich der Fuchs
unter die ersten Käufer
und kam in den Supermarkt.
Er hatte gerade
die Tiefkühltruhe
mit dem Geflügel gefunden,
als eine Verkäuferin
ihn entdeckte.
»Wem gehört der Hund da?«
rief sie. »Hunde dürfen
hier nicht rein.
Hunde müssen
draußen bleiben!«
»Ich bin kein Hund!«
empörte sich der Fuchs.
»Ich bin ein Fuchs,
und ich bin hierhergekommen,
um eine Gans zu stehlen!«

Er sprang in die Tiefkühltruhe
und versuchte,
eine Gans zwischen die Zähne
zu bekommen.
Es ging aber nicht.
Die Gänse waren hart
wie Stein.
Und dazu lagen sie
in Plastikhüllen.
Der Fuchs biß
und biß und biß.
Er biß sich fast
die Zähne daran kaputt.
Dann gab er auf
und lief weg.
»Es ist leichter,
in einen Stein zu beißen
als in eine Gans«,
erklärte er später überall,

»ich weiß nicht,
wie die Füchse früher
die Gänse gestohlen haben.
Sie müssen Zähne aus Stahl
gehabt haben.
Und daß sie die Gänse
auch noch fressen konnten,
ist mir ehrlich
ein Rätsel...«

Die Ziege als Sängerin

Eine Ziege wollte
Sängerin werden.
»Ich habe eine helle Stimme.
Meee – meee ...«, meinte sie.
»Wenn ich einen guten
Gesangslehrer finde,
werde ich sicher
die größte Sängerin der Welt.

Auf der Opernbühne wird man
mich mit Blumen überschütten.
Meee–meee–meeeeee...
Die werde ich alle auffressen!«

Auf der Weide sprang
noch eine andere Ziege
über Stock und Stein
und meckerte laut.
›So möchte ich auch
singen können‹, dachte
unsere Ziege und fragte:

»Kannst du mir nicht einen
Gesangslehrer empfehlen?«
»Natürlich kann ich.«
»Wen?«
»Den Esel.«
»Ist der gut?«
»Du kannst es
an seinen Ohren sehen.
Er ist sehr musikalisch.«
»Ist er nicht zu teuer?«

»Billig ist er nicht.
Er nimmt ein Kilo Hafer
pro Gesangsstunde.«
»Das kann ich bezahlen.«
So fing die Ziege an,
bei dem Esel Gesangs-
unterricht zu nehmen.
Eine Stunde täglich.
»Meee...
Meee...me...meeee.
Meeeee...
Me-me-me-me-meeeeeeee.«
Der Esel stand vor ihr
und nickte nachdenklich.
Ein Hund,
der in der Nähe wohnte,
kam eines Abends
zu dem Esel
und bellte:

»Wie hältst du das Gemeckere
nur aus? Das ist ja schrecklich!«
»Ganz einfach...«,
antwortete der Esel
und zog ein Kilo Watte
aus dem Hafer.
»Ich verstopfe mir
jeden Morgen die Ohren.
Die Ziegen dürfen dann
so laut singen,
wie sie nur mögen.
Hauptsache, sie bringen mir
meinen Hafer!«

Der Autor:

Dimiter Inkiow ist in Bulgarien geboren.
Schon als zehnjähriger Junge schrieb er seine ersten Kindergeschichten, mit 16 Jahren war er bereits Mitarbeiter einer großen Zeitung. Als Kinderbuchautor machte er sich schnell einen Namen. Mit seinem Studium an der Akademie für Schauspielkunst in Sofia erwarb er das Diplom als Regisseur.
Seit 1965 lebt Dimiter Inkiow in Deutschland, hielt sich jedoch lange in Amerika auf und besitzt auch die US-Staatsbürgerschaft. In Deutschland wurden seine Klara-Geschichten ein großer Erfolg. Sie wurden auch verfilmt. Sie sind so beliebt, daß Dimiter Inkiow immer neue erfinden muß.

Der Illustrator:

Rolf Rettich wurde in Erfurt geboren und wuchs auch dort auf. Jetzt lebt und arbeitet er zusammen mit seiner Frau Margret Rettich seit vielen Jahren in einem Dorf in Niedersachsen. Er hat viele schöne Kinderbücher illustriert. Für den Franz Schneider Verlag hat Rolf Rettich auch das Buch „Im Kaufhaus Kaufrausch“ von Burckhard Garbe illustriert.

Meine-Schwester-Klara-Serie von Dimiter Inkiow:

HABE ICH WÜNSCHE ICH MIR

GROSSDRUCK

Meine Schwester Klara und die Geister (Band 1)
Meine Schwester Klara und der Löwenschwanz (Band 2)
Meine Schwester Klara und die Pfütze (Band 3)
Meine Schwester Klara und der Haifisch (Band 4)
Meine Schwester Klara und ihr Schutzengel (Band 5)
Meine Schwester Klara und der Schneemann (Band 6)
Meine Schwester Klara und ihr Geheimnis (Band 7)
Meine Schwester Klara und das liebe Geld (Band 8)
Meine Schwester Klara und die große Wanderung (Band 9)
Meine Schwester Klara und ihre Kochlöffel (Band 10)
Meine Schwester Klara und das Lachwürstchen (Band 11)
Meine Schwester Klara und der Osterhase (Band 12)
Meine Schwester Klara und die geschenkte Maus (Band 13)
Meine Schwester Klara und der Piratenschatz (Band 14)
Meine Schwester Klara und Oma Müllers Himbeeren (Band 15)
Meine Schwester Klara und ihre Mäusezucht (Band 16)
Meine Schwester Klara als Umweltschützerin (Band 17)
Meine Schwester Klara und der lustige Popo (Band 18)

SCHREIBSCHRIFT

Meine Schwester Klara (Band 1–8, in gekürzter Form)